KB071758

청어詩人選 337

첫
계절의
색깔

심재황
시집

청어

첫 계절의 색깔

심재황 지음

발 행 처 · 도서출판 청어
발 행 인 · 이영철
영　　업 · 이동호
홍　　보 · 천성래
기　　획 · 남기환
편　　집 · 방세화
디 자 인 · 이수빈 | 김영은
제작이사 · 공병한
인　　쇄 · 두리터

등　　록 · 1999년 5월 3일
(제321-3210000251001999000063호)

1판 1쇄 발행 · 2022년 7월 20일

주소 · 서울특별시 서초구 남부순환로 364길 8-15 동일빌딩 2층
대표전화 · 02-586-0477
팩시밀리 · 0303-0942-0478

홈페이지 · www.chungeobook.com
E-mail · ppi20@hanmail.net
ISBN · 979-11-6855-052-0(03810)

첫
계절의
색깔

심재황
시집

첫 계절의 색깔

첫 계절은
언제부터일까요

첫 계절에
누구를 만나게 되나요

언제부터 인지는 알 수 없어요
누구를 만나게 되려는지 알 수 없어요

어느 날인가 찾아올 거예요
그리운 분을 만나게 될 거예요
아름다운 것을 보게 될 거예요

첫 계절이기에 아름다운데도
아쉬움을 남기며 지나가기도 하고
커다란 슬픔이 오래도록 남기도 해요

그런데 그리움을 간직할 수 있어요
첫 계절 색깔은 알 수 없을 거예요

늦봄, 비 오는 서재 창가에서
심재황

차례

2부   살펴보는 것들

3부 다시 살펴보는 것들

1부

기다리는 것들

가만히 다가서 살펴보니까
봉오리 살짝 움틀 거리니
때가 되면 피어나겠지

늦게나마 피어나겠으니
그래서 철쭉인가 보다

무슨 일이 일어나는지

그곳에서는 무슨 일들이
소리 없이 일어난다고 해요

밭두렁 사이에서
비듬나물 싹이 보이고

마당 한 켠에는
쑥 잎 솜털이 드러나고

울타리 밖에는
불그레한 매화가 하나씩 터진다고 해요

그런데 이곳을 보면 아무 일도 없어요

나뭇가지 차가워서 떨리고
그늘에 잔설이 남아있으니

한동안 이곳에는
무슨 일이 일어나지 않아요

뜨거운 차를 마시며

온몸이 노근하고
눈이 침침해지고
머리가 무거워져요

오늘 밤 잠들기 전에
몸이 풀리기를
눈이 뚜렷하기를
머리가 맑기를 바라며
뜨거운 차를 천천히 마셔요

내일 아침에는 춥더라도
몸이 풀려지고
눈이 뚜렷하고
머리가 맑아지겠어요

다음 주 한주만 견디면
계절이 바뀐다고 하지요

간장게장 식당 지나며

지난 가을에 어머니를 모시고
강화 장날에 들러서
두툼한 털신발
민소매 조끼를 사고서

통진 옹정리 마을로 돌아오면서
월곶 간장게장 집에 들렀어요

짭짤하지 않으면서
비린내도 전혀 없고
달콤 달콤하다면서
감칠맛 나게 드셨어요

이번 겨울 지나고서
봄이 되어 날이 풀어지면
다시 들르기로 하셨어요

그런데 오늘은 강화 가는 길인데
그 집을 보면서도
그냥 지나쳐서 가야 하네요

다시 봄이 되었지만
이제 그분은 안 계시고
저 혼자서 지나가요

그때 그 집 마당에 느티나무는
검은 보라색이었는데
참으로 이상한 나무라고
세상에 처음 보는 나무라고 하셨어요

눈 한 송이 보면서

눈 한 송이 보았다면
이내 스무 송이 보게 되고

어느덧 자욱하게 흩날려서
눈송이는 보이지 않아요

온 세상 드리워진
새하얀 눈보라만 보여요

그래도 저곳에는
새빨간 꽃송이 보이는데
바로 동백꽃이에요

눈 내리기를 기다려서
하얀 눈송이를 보면서
동백은 빨갛게 피어나요

이른 저녁 칼바람

봄이 온다고 말할 수 없어요
지금 이처럼 시리고 싸늘하잖아요

내일은 더 춥다고 말하잖아요
이번 주 내내 강추위라고 해요

이른 저녁이 되면서
거리에 칼바람이 불어대요

사람들은 버스를 타고 내리면서
아무 말도 없이 얼굴을 숙여요

버스는 칼바람 바람을 맞으면서
엔진 소리 소란하게 빨리 달려요

사람들은 아무 말 없이 걸어가요
칼바람을 맞으면서 빨리 걸어가요

꽃눈이 풀어지고

날은 조금 흐렸지만
비 내리지 않았는데
흙에서 습기가 올라와요

녹은 물 스며들어서
흙 색깔이 점점 진해져요

단단한 꽃눈도 잎눈도
점점 느슨하게 풀어져요

빗방울 하나 맞으면
살며시 풀어져 나오겠어요

둥그런 꽃눈이 나오겠어요
뾰족한 잎눈도 나오겠어요

철쭉 움트고

무언가 새로 움트려면
따스한 햇볕이 비추고
잠시나마 기다려야 하는데

조급한 마음에서 인지
촉촉하게 물을 뿌려주어요

어제 한 송이 움트고
오늘 두 송이 움트려고 해요

주홍색으로 보이는데
피어나면 철쭉꽃일 거예요

이제 물을 그만 주겠어요
오늘은 주홍색이 진하게 보여요

봄날 튀는 바람

봄날 오전은 따사로운데
점심이 조금 지나자마자
세찬 바람이 일어나요

봄날 일어나는 바람은
그 방향을 알 수가 없어요

정신없이 튀는 바람이
해질 때까지 불어대는데

가라앉기를 기다리는데
저녁이 되어서야 잠잠하네요

이른 봄날 오후는
어지러운 바람을 맞으며
이렇게 그대로 지나가네요

조급한 하루

며칠 동안에 하루는
단지 3시간뿐이에요

오전 한 시간은
이런저런 자료 정리하고

오후 한 시간은
급한 대로 자료 작성하면
이내 밤이 돌아오네요

밤에 한 시간 동안
찬찬히 틀을 맞추다 보면
더 이상 하루 견디기 어려워요

며칠 더 견뎌야 하는데
며칠 안에는 무언가 마쳐야 되는데

그래야만 며칠 지나서
봄날을 마주하게 되는데

산수유 기다리며

어쩌면 다음 주 지나서
산수유 피어날지도 몰라요

산수유 피어나던
그곳에 들러보아야지요

산수유 피어나지 않더라도
그곳에 들러본다면

언제 산수유 피어나려는지
살펴볼 수 있겠지요

산수유는 피어나겠지만
산수유를 조급하게 기다려요

친구의 어려운 일들

잠시 말하지 않고
잠시 감추어 본들
떨쳐낼 수 있을까

담담하려고 하지만
안심할 수 있을까

갑자기 찾아오기도 하고
서서히 다가오기도 하지만
마음을 비운다고 풀려지려나

그 누구에게 의지해 보면
실타래 매듭이 풀려지려나

바위같이 무거운 걱정을
마음을 짓누르는 근심을
그 누가 벗겨줄 수 있겠나

무엇을 기다리며

일부러 먼 산골까지
가지 않는다고 해도

지금쯤 그곳 바위틈에는
엷은 빛이나마 들겠고

지금쯤 그곳 골짜기에도
엷은 살얼음이 녹을 테고

멍멍이들도 활기 내어서
가파른 산길을 내달을 테지

그곳 산골 농막에서
반가운 누군가 기다리겠지

이제 봄이 되었으니
그곳에 가보아야 할 때인데

한 시간 걸어가면

오늘 한 시간 걸어가면
소나무 숲을 지나가서
산 속 호수에 닿겠지

오늘 한 시간 걸어가면
당고개 둘레를 지나가서
당숲 쉼터까지 닿겠지

오늘 한 시간 걸어가면
외진 산길을 돌아나가서
산수유 마을에 닿겠네

오늘은 이쪽 길을 걸어서
외진 산길로 들어가야겠네

일단 산수유 마을에 가보면
어느 길이 있는지도 알겠지

나뭇가지 자르기

여러 날 햇살 받아서
울타리 주위도 촉촉해요

뽕나무 곁가지를
두루두루 대폭 자르고
굵은 가지만 남겨요

뭉툭한 가지와 가지에서
크고 검붉은 오디들이
견실하게 열리기를 바래요

엄나무 몇 줄기를
한 팔 길이로 잘라서
다시 땅에 꽂아두어요

한 달 지나기 전에
새순이 피어나기를 기다려요

꽃잔디 심으며

밤나무 산에 잔디는
아직 갈색으로 덮였지만

마른 잎사귀 걷어내고
살짝 손으로 파내 보면

양지쪽은 한 주먹 녹아 있고
음지쪽은 반 주먹 파여지네요

한 주먹 파내고서
꽃잔디 덩어리 심고서
반 주먹 파내고서
꽃잔디 덩어리를 심어요

내일은 비 내린다고 했으니
살짝 밟아서 눌러준다면
뿌리가 땅 속에 내릴거에요

냇가 물길 작업

개천 얼음이 녹자마자
물길 정비작업이 시작입니다

크레인으로 빈 바닥을 퍼내어
엷은 물길을 한쪽으로 돌려요

큰 물길 바닥을 퍼내니까
듬성듬성 웅덩이가 생기고
차가운 냇물이 흘러들어요

마른 잡초들 엉겼던 곳에
번듯한 물길이 생기고
물가에 산책길도 생기는데

날씨가 더 풀리게 되면
새로운 잡초가 퍼져나가겠어요

이른 봄 냇가에서

얼음 녹은 물살은
맑게나마 흐르는데

개울 바닥을 따라서
냇가 바람이 불어오니까

가느다란 냇물은
흐름을 멈추고서
여울 안에서 맴맴 돌아다녀요

가느다란 물길은
바르르 바르르 떨면서
물살 위에 은빛 무늬를 남겨요

초라한 효자각

마을을 돌아서 샛길을 가다가
빈터에 초라한 효자각을 보아요

누각 색깔은 바래 터지고
대문은 단단히 닫혀지고

그 위에 지붕은 삭아들고
그 안에 사연도 삭았으니

이미 남아 있는 효자각도
의미 없이 허물어져가네요

그렇게 오랜 세월 동안에
얼마나 많은 효자각이 있었는데

그런데 그 짧은 세월 동안에
그렇게 많던 효자각은
느닷없이 뜯겨나갔나요

소란스런 산바람

무슨 일인지 모르는데
갑자기 산속이 소란해요

어디에선가 산바람이
돌풍 되어서 몰아치는데

낙엽이 팔랑거리다가
나무 타고 휩쓸려 솟아오르고
계곡으로 쏟아져 내리더니
빼곡히 줄지어 선 나무들은
하늘을 향해 마냥 휘둘려요

나무끼리 비며대며 긁히고
큰 나뭇가지 휘어지고
잔 나뭇가지 부러져요

봄바람 돌풍 되어 불어대니
나무들은 어쩔 줄 모르고
한바탕 산속은 소란해요

내려가라는 소리인지

이제 그만 올라가고
내려가라고 말하려는지

저쪽 한 능선에는
급히 어둠이 드리고

그쪽 비탈에서
자갈 한 무더기가
와르르 무너져 내려요

무너져 내린 자갈 더미에
나무 잎사귀도 바사삭 쓸려요

산바람은 잦아들었는데
이제 그만 내려가야 하는지

무슨 일인가 일어나기 전에
천천히 내려가야 되겠어요

간간한 고등어조림

오랜만에 고등어조림을 먹어요
간간한 간장으로 조려서
굵다란 고등어 덩어리는
비린내가 나지 않아요

큼직한 무 조각도
달달한 맛이 배어있어요

토막을 반으로 갈라보면
큰 가시는 별로 없어요

다음에 누군가 모시고서
같이 먹고 싶기는 하네요

토막을 반으로 갈라서는
가시도 빼드리고 싶지만

이제 모시고 올 수 없으니
혼자서 여러 토막을 먹어요

스며든 샘물

외진 샛길에 들어서 보니
샘물은 소리 없이 흐르다가
투박한 돌 틈으로 스며드는데

샘물이 어디로 갔는지
가까이 다가가서 살펴보니까

동그란 작은 새싹들이
드믄드믄 드러나 보이네요

검은 흙을 비집고
갈색 잎을 비집고

연녹색 잡초 새싹들이
분명히 나오고 있어요

엉겨진 칡넝쿨

여기저기 감겨진 칡넝쿨은
한해 퍼져나간 엉킨 등걸인데

나무 타고 조이고 오르고서
치렁치렁 내려서 덮었는데

뿌리에서 봄을 빨아들이고
무더운 한여름을 보낸다면

저쪽 솔밭까지 무성하게
단번에 뻗어나갈 기세이네요

가을에 되면 저쪽 솔밭까지
칡넝쿨 엉긴 숲이 되겠어요

사르르 물 흐르고

말라붙은 덤불 속에서
사르르 소리 들리더니

무너진 바위 사이에서
투명한 샛물이 흐르고

삭고 젖은 낙엽 끝에서
한 방울 톡톡 떨어지고

검푸른 이끼에 스며들어
소리 없이 흘러나오네요

이전에도 보이지 않고도
소리 들리지도 않았어도
여전히 흐르고 있었어요

그의 어려움

누가 그의 고민을 모르겠는가
나인들 그의 어려움을
어찌 모르겠나요

지금 어찌할 수 없으니
마음에만 담아 두겠는데

이 담에 다시 보게 되면
그의 여건이 바뀌어지기를
그의 어려움이 가벼워지기를

그는 고민에서 벗어나서
그의 어려움은 경험이 되기를

서로 즐거운 이야기를 나누면
그의 고민은 없었던 일이겠지

바람개비 정자
수리산 바람고개 길 지나며

바람개비 정자 안에는
무엇이 있을까

바람개비 정자 안에는
무엇이 걸려있을까

바람개비 정자를 바라보면
무엇을 알 수 있을까

바람개비 정자 안에는
둥근 시계가 걸려있어요

산길 다니는 분들에게
시간을 말해주어요

바람고개 안내지기인지
그분이 걸어두었나 봐요

개벚나무

오래 묵어 보이는 개벚나무
길가 한 켠에 자리 잡았지만

헐벗은 떠돌이 강아지처럼
여기저기 껍질이 벗겨졌어요

겨울 내내 버티고 서있는데
가만히 무언가 기다리는데

다음 달 초에 피어나지요
화사하게 꽃송이 덮이지요

화려하게 자리 잡고 나서
꽃잎사귀를 바람에 날리지요

속달고개 왕벚나무
수리산 속달고개 넘으며

속달고개 굽이굽이
돌아서 오르면

채곡채곡 쌓여진
무수한 돌무더기 헤치고
왕벚나무 솟아있어요

오르내리는 고개처럼
줄기를 비틀고 비틀어서
북쪽으로 기울어 있는데

퍼져나간 가지들은
서쪽 하늘 향하여서
서래봉을 마주 보며 있어요

늦은 동백 젖혀지고

늦게 피어나는 동백은
열한 겹인데

다섯 겹은
다소곳이 퍼져있는데

여섯 겹은
한껏 뒤로 젖혀있어요

한 틈 더 퍼지지 못하게
흩어지지 못하게끔

꽃받침이 살짝 밀어서
받쳐주고 있어요

늦게 피어나서인지
서로서로 둘러싸고 있어요

그래도 철쭉

여기는 있을 곳이 아닌데
한 무리 관목이 보이는데
그래도 철쭉인가 보다

주위 큰 나무 무리에
둘러지고 막혀져서

햇살도 여의치 않고
바람도 덜 맞을 텐데

가만히 다가서 살펴보니까
봉오리 살짝 움틀 거리니
때가 되면 피어나겠지

늦게나마 피어나겠으니
그래서 철쭉인가 보다

2부

살펴보는 것들

논둑에 잡초 솟아나고
산새들 둥지 틀기 바쁘고
개구리 목 놓아 짖어대면

갈아엎고 가래질하여
잔잔한 물 호수를 이루는데
그때쯤 봄날은 지나가겠어요

이상한 별꽃

총총 빛나기는 하지만
반짝이지는 않아요

다섯 꽃잎 뾰족하지만
날카롭지는 않아요

한밤에 환히 빛나지만
한낮에 더 빛나요

이번에 주홍색이지만
다음에는 무슨 색일까

약한 보라색 빛나겠고
진한 빨강색 화려해서

진달래 같은 철쭉은
이상한 별 같은 꽃이죠

빗방울 산수유

하루 종일이나
빗방울이 두드리니
열리고 터져 나오네요

빗방울 멈추고
맑은 햇살 받고 나서
천천히 피어나려 했는데

빗방울에 푹 적셔서
살며시 부풀어 오르더니

희뿌연 줄기까지
하얗게 씻겨지더니
노란 속살 드러나네요

숨어 있는 고라니

하루 종일 봄비 내리니
숲속 고라니
덤불 사이에 웅크려요

참나무 가지에서 우수수
빗물 떨어지니
푸드득 머리를 흔들어요

비 그치고 풀잎 돋으면
안개 속에서
새싹 뜯기를 기다려요

봄비 속에서
덤불 속에서
고라니는 숨어있어요

노란별 개나리

가느다란 줄기에
줄지어 매달려서
무리 지어 빛나요

봄바람 불어대면
줄기 따라서 흔들리고

봄비 맞아 튀겨도
줄기 따라서 흔들려요

군데군데 떨어져도
무리 지어 빛나요

노란 별들을 흔들며
노란 별들이 떨어져요

사방댐 옆길 지나며

두꺼운 사방댐을 돌아서
옆길 비집고 올라가면

골짜기는 깊지 않고
물길은 넓지 않지만

썩은 낙엽 적시면서
졸졸졸 졸졸 흐르네요

구룩구룩 소리 나서
살며시 걸어가 보면
이내 소리는 멈추어지고

다시 저쪽으로 올라가면
구루룩 구룩 소리 들려요

뭉개진 복숭아밭

산비탈 복숭아밭은
잡초에 뒤덮이고 뭉개졌어요

덤불 사이 비집고
잔뜩 밟고 다닌 흔적들은
분명히 산짐승 오가는 길이지요

지난밤에도 전나무 비탈길 타고
슬며시 내려와서 샘물 마시고

이리저리 뒤집고 범벅이다가
골바위 길 따라서 올라갔어요

산비탈 올라가다가
복숭아밭을 뭉개고 갔어요

자취 없는 산골 밭

늙은 뽕나무 주저앉아 있고
삭은 감나무 부러져 있으니

이곳은 언제인가
산골 밭이었어요

지금은 억새로 뒤덮여져서
갈아 먹는 자취는 없지만

할아버지 고된 땀이 뿌려지고
할머니 애처로운 땀이 적셔진
산골 밭이었어요

갈아 먹는 자취는 없지만
갈아 먹던 흔적이 남아있는
산골 밭이었어요

새소리는 들리지만

요즈음 새 소리도 귀해요
산에서도 새 소리 귀해요

어쩌다가 새 소리 들어도
무슨 새인지 몰라요

작은 산새 소리를 들어도
산새 얼굴은 떠오르지 않아요

작은 산새들은
도대체 어디로 갔을까

어디로 멀리 갔을까
아니면 사라져 버렸나요

봄비를 나누며

참으로 이상하네요
그렇게 비가 내렸는데

이틀 동안이나 비가 내렸는데
넘쳐흐르지 않아요

여전히 졸졸 흐를 뿐이죠

당연히 그렇겠어요
깊이 스며들어 담아두고
넓게 스며들어 나누었죠

모처럼 내린 봄비이기에
서로서로 나누고 나누어서
움트고 움트기에 바쁘겠어요

3월도 반이나 지나고

벌써 3월도
반이나 지나지만
조급해하지 말아요

아직 3월은
반이나 남았고
전해줄 소식이 많아요

이번 주말에는
무엇을 전해줄까요

다음 주에는
무엇을 전해줄까요

이달 말까지
가만히 기다려 보세요

보면서 느껴보세요
아직 3월이잖아요

주말에 비 내린다니

이번 주말에도
비가 내린다고 하지요

이번에 비 내리면
심기에 충분할 거예요

이미 갈아 놓은 밭에
흥건하게 젖어들겠으니

바로 까만 부직포를
밭이랑에 덮으면 되겠어요

그리고 며칠 지나서
봄 감자 심으면 되겠어요

봄날에 무엇하나요

아침 낮 온도는
차이가 크다고 하지요
바로 봄이니까요

하루에 입을 옷도
차이가 난다고 하지요
바로 봄이니까요

오전에 차분하고
오후에 느닷없이
바람 불어댄다고 하지요
그게 봄이니까요

그래서 서로서로
소식 전해야 하나 봐요

멈추지 말아야 한대요
새싹 돋듯이 전하래요

칡즙 한 상자

이른 봄이 되자마자
얼었던 땅이 풀리자마자
굵은 칡뿌리를 깨어낸대요

땅이 조금 얼어붙어도
땅거죽을 드러내 파헤쳐
굵은 알칡을 뽑아낸대요

해마다 이른 봄이 되면
친구 어머님은 칡즙을 보내주셔요

올해는 편치 않으신대도
허리가 아프셔서
치료 중이신 대도
칡즙을 주문하여 보내주셨어요

지금 마른 칡 줄기에
싹이 돋아나기 전에
친구 어머님은 회복되실 거예요

김치를 주문해요

지금쯤 김치가 떨어졌으려니
이제 새 김치 주문해서
순한 맛으로 보내준다며
이모님이 연락을 주셨어요

지금 새 김치 주문해야만
이번 주 안에 도착한다며
이모님이 연락을 주셨어요

그때는 해마다 늦은 봄 무렵에
새 김치 담그기도 했지만

이제는 어머니 아주머니
아무도 안 계시니
때마다 새 김치 주문해요

때때로 공세동 이모님이
새 김치 주문해 주시네요

어디로 가야 하는지

무엇보다도 먼저
남쪽으로 가보면
봄기운을 느낀다고 해요

그곳으로 가보면
이른 봄을 맞이하게 된대요

일찍 풀려든 온기 속에
무슨 향기를 맡게 된대요

그렇게 할 수 없으면
잠시나마 기다려 보세요

바로 이곳에 있어도
햇살은 퍼지게 마련이고
무엇이라도 솟아날 거예요

그래서 봄이라고 하지요

오늘 비 내리고 나면

어제는 그냥 지나갔어요
밤에도 내리지 않았어요

하지만 이른 아침부터
흐리고 가물가물해요

오늘은 비가 내리겠어요

오늘 비 내리게 되면
세 번째 봄비입니다

벌써 기대하고 있어요

산벚나무에 하얀 꽃이 피고
단풍나무 갈참나무 잎이 나면
소나무 숲은 가려지겠어요

다음 주 기다리며

어제는 흐리고 지났지만
오늘은 비 내리겠어요

이른 아침부터 잔뜩 흐리니
그냥 지나가지는 않겠어요

오늘 비 내린다고 해서
농업기술센터 농기계 실습을
다음 주로 연기했어요

비 내려서 땅이 젖게 되면
다음 주 트랙터 실습이
한결 수월하겠어요

텃밭 갈아서 정리하기도
한결 수월하겠어요

봄비 내린다는데

오늘 봄비 내린다니
누구를 떠올리나요

모두 볼 수는 없으니
한 명이라도 만나야지

그런데 봄비 내리는데
누구를 만나야 되나요

봄 이야기를 하려거든
봄 벗을 찾아야 되어요

봄 이야기하려는 벗이
어디에서 기다리겠어요

무엇이 붙잡고 있나요

어디로 가야 할지
얼마 동안 머물지
무엇을 살펴볼지도
대체로 정하고 있지만

지금 바로 갈 수가 없어요
무엇인가 나를 붙잡고 있어요

다시 생각해 보아야 하나요
조금 기다려 보아야 하나요
망설이다가 갈 수 없겠어요

이미 봄이 되어서
어디엔가 가야 하는데
무엇인가 나를 붙잡고 있어요

소사골 복사꽃

어린 시절 소사골은
보이는 곳마다
지나는 곳마다
복사꽃으로 물들었어요

나지막한 동산 아래에는
아담한 마을 이루었는데

마을마을마다 복사꽃
마을 길 지나도 복사꽃 보이고

평평한 할미산 내려가면
낮은 비탈에도 복사꽃 보이고

으슥한 여우고개 지나가도
샛길 사이마다 복사꽃 보였죠

이제 소사골 어디에도
연분홍 복사꽃 보이지 않아요

복사꽃은 무슨 색깔일까

복사골에는
복사꽃뿐이라지요

그런데 복사꽃은 무슨 색깔일까요

노란색일까요
봄에 어울리는 색깔이니까요

빨간색일까요
화려한 봄의 색깔이니까요

하얀색일까요
깨끗한 봄의 색깔이니까요

그렇지 않아요
복사꽃은 연한 분홍색입니다

그런데 복사꽃은 어디로 갔나요
지금 그런 색깔은 어디에 있나요

복사꽃은 어디로

어찌나 희고 연하던지
한밤에도 희불그레 빛났어요

어느 날 흐려서
비바람 내리부어서
나무마다 한 소쿠리 떨어졌어요

그다음 해인가
늦서리 퍼 맞았어도
복사꽃은 무성하게 빛났어요

그런데 무엇에 놀랐는지
이제 복사꽃은 피어나지 않아요

봄비 내려도
봄바람 불어도
복사골 복사꽃은 날리지 않아요

범박골 한 컨에서

범박골 내리막 길 한 컨은
울퉁불퉁 다듬어지지 않았는데

맨 아래에는
한 뼘짜리 웅덩이

그 주변에는
두 뼘짜리 구석 논 있었지

그런데 맨 위에는
서너 뼘짜리 비탈밭에서
그나마 복사꽃이 피었어요

어느 해이던가
웅덩이 메워지고
구석 논 메워지더니

비탈밭 과수원도 평평해지고
복사꽃도 어디론가 사라졌어요

대안마을 수양버들

대안마을 수양버들 두 그루는
이렇게 고목이 되었으니

그 어떤 시절에는
근처에 물길이 흐르던지
깊은 웅덩이 고였겠지만

지금은 새 탐방로 한쪽에
비스듬히 쳐져 있네요

그 어떤 시절에는
냇가 흐름에 맞추어서
줄기를 산발하여 드리우고

오가는 길손을 마주하며
이런저런 사연 주고받으며
아쉬운 이별도 나누었을 텐데

이제 저만치 떨어져서
누구 눈길도 받지 못하네요

대안골 비탈 논

바닥 깊숙한 데에서
얼은 물 녹아서 오르고

여러 번 봄비 내려서
바닥은 흥건히 고였지만

지난가을에 남겨진
벼 밑둥이 썩어갈 뿐이고

비탈 논은 계절에 관심이 없어요
차가운 겨울 그대로입니다

논둑에 잡초 솟아나고
산새들 둥지 틀기 바쁘고
개구리 목 놓아 짖어대면

갈아엎고 가래질하여
잔잔한 물 호수를 이루는데
그때쯤 봄날은 지나가겠어요

꽃샘 비 내리고

꽃샘추위
갑자기 찾아오면
봄은 잠시 멈추어요

꽃샘 비
흥건히 쏟아져서

잔가지 적셔지고
뿌리까지 흠뻑 젖어요

잠시 기다리면
봄은 다시 시작되요

밤하늘 비 내리고

캄캄한 밤에 내리니
밤비라고 하지요

멀리 밝은 가로등 아래
내리치는 빗살이 보여요

밤비는 날리지 않고
하늘에서 바로 떨어져요

이맘때 내리기에
봄비는 봄비인데
밤하늘 봄비라고 하지요

꽃샘추위 몰려오니

꽃샘추위 몰려오니
모두 모두 잠잠해요

봄을 장식하려고 했다가
서로 다투어 나오려다가
잠시 머뭇거려요

그런데 기다려 보면
오래 걸리지 않을 거예요

이미 봄을 장식하려고
너도나도 준비 마쳤는데
며칠이나 참을 수 있겠나요

오후에 소식 전하고

새벽에도 안개 끼더니
지금도 안개는 자욱하니
아마 오전까지 그러겠어요

새벽 안개라는 것은
한낮에 거두어지게 마련이니
오후에는 햇살이 퍼지겠어요

안개 거두어지면
어디에선가 소식이 오겠으니
그들에게 미리 소식을 전해요

겨울꽃 시들어지고

처음 피어날 때는
새빨간 색이더니

이제 서서히 색깔이 바뀌고
그리고 천천히 시들어갑니다

하루하루 갈수록
새빨간 동백은 시들어서
이내 툭 떨어져 나갈 것 같아요

시들어진 송이 위로
연녹색 꼬투리 보이며
잎사귀 한 개씩 솟아서 나옵니다

마지막 겨울꽃

3월도 중순이니
동백꽃은 지려고만 합니다

하얀 눈과 빨갛게 어울려서
추운 겨울을 위로해주었어요

다음에 피어날 때
줄기는 한 뼘이나 자라나고
잔가지도 서너 개나 퍼지고
봉오리도 두 배나 불겠어요

그래도 아직은
줄기마다 가지마다
몇 봉오리씩 남아있으며
며칠 지나면 피어나려고 합니다

올해 마지막 동백꽃을
이달 말까지는 볼 수 있겠어요

소나무는 삭아가고

수리산 관모봉 능선 아래
산신각은 외롭지 않아요

넙적바위 아래 소나무는
산신각 둘레를 지키면서

지난 100여 년이나 살았는데
이미 10여 년 전에 고사했어요

그 자리에서 그대로 서서
서서히 삭아지고 있는데
앞으로 10년은 처연히 있다가

그리고 여러 번 계절이 바뀌면
사라져서 자취도 남기지 않으며
솔바람조차도 남기지 않겠어요

그 길이 어려워서

그 길이 고난의 길이라면
그 길을 누가 걸을 수 있을까요

그 길에서 상처를 입는다면
누가 아픔을 함께해주며
누가 치유해 줄 수 있을까요

그 길은 가려면
길고 고단하다고 하니
다른 길로 돌아가야 하거나
아니면 쉬고 쉬면서 가야 할까요

그 길을 가면서
상처 당하지 않아야 하고
상처 주지 말아야 하기에
그 길에 들어서기가 망설여지네요

3부

다시 살펴보는 것들

무슨 이야기 하는지 들리지 않지만
엄마와 아기는
서로 보면서 웃어요

나도 슬며시 웃어요
웃을 수밖에 없어요

조암 샛길 지나며

어제 꽃샘추위 왔다고 하지만
모두 초록으로 돋아나고 있어요

고부라진 대파는
줄기를 곧게 펴고서는
허연 겨울 겉옷을 벗고서
벌써 두 치나 자라고

가느다란 쪽파는
밭에 깔아 둔 검정 비닐에서
줄지어서 삐져나오고서
벌써 세 갈래나 퍼지고

오늘 흐리고 바람은 차게 불지만
모두 초록으로 돋아나고 있어요

조암마을 들어가서

마을 들어가는 농로에는
한겨울 밭이랑 덮은 비닐 구멍으로
마늘 줄기가 삐져나와서
셋 넷 다섯으로 갈래치고

마을 들어가서 농가에는
겨울 내내 그대로 드러난 밭 구석에
시금치는 추위 아랑곳없이
녹색 잎사귀 두툼하고

마을 지나가서 산 뒤에는
언덕 아래 죽 늘어선 개간지 밭에도
녹색 보리 싹이 빼곡하여
한 치나 자라고 있어요

할머니 냉이 한 움큼

머리 허연 할머니는
한동안 밭 언덕에서
냉이를 두 움큼이나 캐셨어요

조금 더 캐고 싶은데
따님이 와서 말리네요

할머니 애쓰신다고
내일 또 와서 캐자고 해요

할머니는 허리를 구부리고
밭 언덕을 내려오시네요

한 손에는 냉이 한 움큼
또 한 손에도 냉이 한 움큼

시냇물은 흐르고

참으로 오랜만에
시냇물 흐르는 소리 들려요

겨울 동안에
하얗게 바래버린 갈대 사이로
얼음에 갇히던 자갈 두드리며
찰랑찰랑 흘러요

이번에 봄비가
넉넉히 내리기도 했지만

웃 방죽에서
고인 물을 터서 흘려보내요

저 아래로 흘러서 내려가면
아래부터 풀이 돋아나겠어요

솔솔 땅이 파이고

여기도 솔솔 파이고
저기도 솔솔 파이고

대여섯 걸음인가 지나면
거기도 솔솔 파였어요

새봄에 새싹 올라온 곳마다
솔솔 파여졌어요

누군가 호미로
봄의 새싹을 파냈어요

달래도 파내고
냉이도 파내고
씀바귀도 파내고

봄이 지나간 자국이
솔솔 파여졌어요

쭈그리고 봄을 캐내요

저기 산비탈에서
저만치 밭고랑에서
누군가 누군가 쭈그리고 있어요

할머니도 쭈그리고
아주머니도 쭈그리고
젊은 새댁도 쭈그리고

무언가 캐내고 있어요

할머니는 통바지 입고서
아주머니는 헐렁바지 입고서
젊은 새댁은 스팬 청바지 입고서

쭈그리고 앉아서
냉이를 캐고 있어요

쭈그리고 앉아서
쑥을 캐고 있어요

농기계 실습을 하며

이른 아침에 흐렸지만
햇살이 조금이나마 기대지만
오후까지 흐리고 싸늘합니다

갈아 놓은 들판에서
하얀 비닐 덧장화 신고서
주홍색 망사 조끼를 입고서
농기계 운전 실습을 합니다

소형 트랙터는 두 종류인데
하나는 땅 파내 뒤집기이고
또 하나는 땅 고르기입니다

그 옛날 봄에는
할아버지 일하시던 때에는
소 등에 무거운 멍에를 얹고서
땅에 박은 쟁기를 끌면서 갔는데

누렁소는
눈을 꿈벅꿈벅 거리며
머리를 이리저리 흔들며
무딘 걸음을 힘껏 디디면서
앞으로 앞으로 나아갔어요

누렁소는
허연 입김을 뿜어내고
마침내 거친 숨도 몰아쳤어요

누렁소가
애쓰던 고단한 시절은
아주 아주 오랜 옛날이었나요

감자를 심어요

이른 봄에 심는 첫 작물이기에
밭을 곱게 갈고 가래질하고
퇴비를 넉넉하게 섞어서
두둑은 갯벌색 같아요

높고 긴 두둑에는
검정 비닐을 깔고서
가장자리에 흙을 두르고
두 뼘 간격으로 구멍을 내요

씨감자 덩어리를
서너 조각으로 쪼갰는데
감자 눈을 위로 보게 하며
구멍마다 하나 하나 심어요

물줄기 호스를 당기면서
한 구멍 한 구멍 물을 대고
흙을 퍼서 한 삽 한 삽 덮어요

며칠 지나서
비가 축축하게 내려주고
가끔 잊지 않고 또 내리면

잎사귀 무성하고
하얀 꽃 환히 필 무렵에
감자를 캐낼 수 있겠어요

이른 봄에 심는 감자이기에
감자 꿈에 부풀어 있어요

감나무골 낙지볶음

며칠 동안 벗이 아팠는데
요즘 번성하는 코로나에 걸렸어요

목이 부은 듯이 아프고 어지러워서
일주일 동안이나 집안에만 있어요

오늘에야 회복되기 시작하여
통증이 가시고 입맛이 돌아온대요

감나물골 식당에 들러서
낙지볶음을 포장하여 주었어요

뜨끈한 밥에 넣고 비벼서
너무 맵지 않고 순하게 먹으면
내일은 회복되어 외출하겠어요

이전에도 매콤한 맛이 당긴다고 해서
몇 번이나 포장하여 주었는데
이번에는 너무 맵지 않겠어요

무인 카페에서

손님이 없지만 한가해서 좋아요
아직 바쁘지 않은 시간이어서
점심시간이 아니어서인지
손님이 없지만 한가해서 좋아요

그래도 기계와 대화해요
커피를 주문해 보아요
간단히 대화해요

버튼을 누르라고
카드를 넣으라고
컵을 꺼내라고
잠시 기다라라고
이용해 주셔서 감사하다고

무인카페 도우미는
사람이 아니어도 친절해요

간판을 내려요

바로 길 건너인데
한쪽 길 줄지어 주차되어
지나가기 어려워요

바로 그 건물인데
3층부터 빗물 흘러내려서
하얀색은 검은 줄무늬 새겨졌어요

아래층 한 집은 부동산
가운데는 헤어스타일
또 한 집은 드라이클리닝

사다리차 설치하고
간판을 떼어내는군요
드라이클리닝 간판이 내려져요

응달 보도에 벚꽃이 피면
새로운 간판이 올려질까요

아기를 안고 지나가요

엄마는 가슴에 아기를 안고서
저기에서 걸어오고 있어요

포대기로 아기를 감싸고서
어깨끈 당겨서 매고
허리끈 단단히 매고
상가 앞을 천천히 걸어가요

그런데 봄빛이 내려서
아기 얼굴이 보여요

무슨 이야기 하는지 들리지 않지만
엄마와 아기는
서로 보면서 웃어요

나도 슬며시 웃어요
웃을 수밖에 없어요

미용실 손님들

길 건너 미용실 안에서
무슨 재미있는 일이 있나 봐요

머리에 수건을 감싸 매고
겉옷 가운을 걸치고 있는
이분들은 손님이겠고

얼굴에 마스크 쓰고
겉옷 가운을 두르고 있는
이분은 마스터 인가 본데

이야기를 재미나게 하는데
봄이 찾아온 이야기인지
봄에 할 일 나누는가 봐요

봄에는 할 이야기가 많은가 보죠

잠시 기다리는 시간

아침에 우체국에서 택배를 보냈어요
조금이라도 일찍 전달되기를 바래요

친구와 점심을 먹기로 했는데
시간이 남아서 기다려요

마땅히 들를 곳도 없어서
그냥 주위를 거닐어요

무슨 날이 *끄믈끄믈* 하여서
오늘 어찌될지 알 수 없어요

날이 맑아지기를 바라지만
어찌 될지 알 수 없어요

봄날은 어찌될지 알 수 없어요
단지 기다리고 있을 뿐이죠
친구를 기다리는 것처럼

오토바이와 봄바람

길가 상점 앞에
검은 오토바이가 주차되어 있어요

운전자는 헬멧을 벗고서
긴 머리를 만지며
소식이 오기를 기다려요

잠시 후부터 바쁘게 운행하겠어요

핸드폰을 만지작거리니
무슨 소식이 왔나 보아요
갑자기 오토바이 시동 소리가 울려요

어디로 달리던지 봄바람이 차갑겠어요
아직 두꺼운 겨울 점퍼 입고서
검은 부추 신고 헬멧도 썼지만
오토바이 봄바람은 차갑겠어요

날리는 산벚꽃

천 송이 만 송이
새하얀 산속 벚꽃

우수수 우수수
바람에 떨어져 내리는데

절벽 아래로
눈송이가 날리고 날리네

연두색 산속에
하얀 벚꽃이 가루 되어 날리네

문수산 북문에서

월곶 성동리 북문 아래로
염하는 한층 거칠게 흐르는데

새로 다듬은 성벽 길로 올라가니
산 능선 옛 성벽은 무너져 있네

소나무 그늘에 서 있으니
서쪽으로 큰 다리가 놓여있고
강화 읍내 바로 넘어서
고려산 줄기까지 보이네

성벽 아래 서북쪽을 바라보니
염하 갈라져 나온 곳이 경계인데
그 너머 북쪽 산줄기는 희미하네

사월인데 날씨가 흐려서인지
북쪽 산줄기와 바다는 희미하네

무엇을 심어두고

이제 4월이 되어서인지
서리 내릴 걱정은 없어서인지

밭고랑 파고 둔덕 다듬고
비닐 씌우기 작업이 한창이네

이미 검은 비닐에 구멍 놓은 데는
서둘러 봄 감자 심은 자국이고

기다란 둔덕 만들어 놓고
우선 검은 비닐만 덮은 데는
고추 모종 심으려는 준비인데

이제 고추 씨앗을 뿌렸으니
몇 주 지나야 모종이 나오겠네

구지뽕 묘목 심으며

아로니아 베어낸 너른 터에
한 모퉁이에 구지뽕 묘목을 심어요

접목 1년생 묘목이니
내년은 그대로 지나고
그다음 해에 열매가 맺겠어요

조급하면 안 된다고 하지만
내년에 수확할 수 있으려는지

여기저기 수소문하여
접목 2년생 몇 그루라도 구해야 되겠어요

조급하지 말아야 하지만
그래도 내년에 열매를 볼 수 있으려는지

얼마나 부드러운지
그리고 새콤하면서도 달콤한지
벌써 새빨간 구지뽕 열매가 기다려지네요

다음에 피어나겠지

이미 이런저런 노란 분홍
새하얀 봄꽃들이 피어났어요

다음 주에도
하얀 꽃들이 대기하고 있어요

그런데 누가 기다리는 봉오리는 무엇일까요
무슨 봉오리가 터져 나올까요

가만히 보니까
다음 주에 앵두꽃이 무성하게 만발하겠는데

그 옆에 복숭아나무 가지에
작은 실눈이 돋아나고 있어요

연하고 하얀 복사빛이 터져 나오기는
오래 걸리지 않겠어요

복사꽃 날리고

복사꽃 피어나면
바로 날린다고 하지요

날리고 흩어져서
아쉬움 남긴다고 하지요

연하디 연한
연분홍 이어서 그러겠어요

쪼이는 햇살을
견디기는 어려운가 보아요

그래도 그래도
복사꽃 피어나기를 기다려요

개미는 기어 다니고

개미는 단지 기어 다녀요
어두운 굴에서 기어 나와서
햇살이라도 받으면 고마워요

여기저기 기어 다니다가
떨어진 곡식 낱알이라도 옮겨요

하늘을 쳐다보지 않으며
부지런히 이것저것 찾으러 다녀요

하늘을 쳐다보지 않으니
무슨 일인가 일어날지 알 수 없어요

하늘에서 무엇인가 내리면
어두운 굴속으로 다시 들어가요
아니면 나뭇잎 뒤에서 한동안 기다려요

어쩌다가 하늘을 쳐다보면
고개가 아파요 허리도 아파요

애플수박 모종

밑거름을 넉넉히 주고 나서
애플수박 모종 열 개를 심어요

몇 주 후에 첫 마디 지나서
잎사귀가 나오면 툭 잘라주어요

그래야 옆으로 갈래를 치게 되고
적어도 세 갈래는 퍼지게 만들어요

초여름 무더위 시작되면서
무성한 진녹색으로 밭이 덮이겠어요

장마 전에 목마를 무렵에
애플수박이 열리기 시작할 거예요

색깔이 짙은지 살펴보면서
톡톡 두드려 보기도 하면서
그분들께 연락해 보겠어요
올해는 골고루 나누어 드리겠어요

나무 사이 간격

그래도 구지뽕 나무는
가꾸기 수월하다고 하지요

비워진 밭 저쪽에다가
2년생 접목을 구해서 심어요

앞뒤 그리고 왼쪽과 오른쪽
모두 5미터 간격을 벌려두어요

사이가 너무 벌어진 건 아니에요
내년이나 후년에 나뭇가지 퍼지면
그 아래로 그늘 터널이 생겨나요

한여름에 일하다가
구지뽕 터널에서 쉬기를 기대해요

감자 밭 물주고

길가 벚꽃이 떨어질 때에는
아침 지나서 더워지기 시작해요

한낮에는 겉옷을 벗어야 하고
한 손으로 햇볕을 가리고 걸어요

그런데 감자밭에 물을 대어야 해요
검은 비닐 구멍이 비어 있어요

싹이 나오기를 기다리기보다는
씨앗 구멍마다 물을 주어요

아무 것도 보이지 않더라도
씨앗 구멍마다 물을 주어요

며칠 지나면 싹이 보일 거예요

산벚꽃 피어나는 곳으로

이제 산으로 가야 해요
가까운 산 속으로 들어가요

산길 따라가게 되면
산수유길 지나가게 되고
개나리길 지나치게 되는데

산길을 넘어가다 보면
마침내 산비탈에서 멈추는데

그곳에 새하얀 산벚꽃 피어있고
그곳에서 잠시 쉬어가게 되어요

가려지는 오솔길

얼마 전에 선명하게 보이더니
이제 점점 가려지네요

연한 잎사귀 돋아나니
점점 보이지 않게 되네요

올라가는 오솔길은
연녹색 나무에 가려지고

내려가는 오솔길도
풀 잎사귀에 가려지네요

이제 멀리서 보면
오솔길 찾기는 어려울 테고
가을까지 나무에 가려지겠어요

이제 가까이 가서는
오솔길을 살피며 걸어야겠어요

어디에나 벚나무

봄볕이 살짝 비추면
어디에라도 터져 나온 벚나무

뜰 앞이나 뒤뜰에도
하루 만에 터져 나온 벚나무

큰길에도 둑길에도
줄지어 늘어선 벚나무

둘레길 오르며 내려가도
희불그레한 산벚나무

산기슭 한가운데
허연 눈꽃이 보인다면
봄볕에 터져 나온 왕벚나무

돼지 건조비료

지난주에 먼 곳 농장에서
비료 한 차를 주문하였는데
어제 밭 언덕에 쏟아놓았네요

보기에는 시꺼먼 석탄가루인데
타버린 연탄처럼 가벼우면서
푸석푸석한 가루인데

돼지 축사에서 나온
건조 처리한 비료입니다

삽으로 손수레에 잔뜩 퍼 담아서
너른 밭에 여기저기 뿌려요

밭 둔덕에 넓게 펼쳐서 뿌리고
사과나무에 한 수레
포도나무에도 한 수레

지난주 새로 심어 놓은
자두나무 묘목에도
한 수레씩 덮어 두어요

모레 아침에 비 내린다니
빗물에 젖어 범벅되어서
질퍽한 거름이 되기 전에
서둘러 여기저기 뿌려요

초여름 아닌데도 날씨는 무더우니
내일 늦은 밤에라도 비 내리려는지

휴게소에 앉아서

저쪽 산꼭대기 능선으로
싸리나무 울타리 모양으로
빗살이 선명하게 보이는데
그곳으로 해가 넘어가며
남기는 빛입니다

그 울타리 그림자는
이내 사라져 버리고
어둠이 드리워지겠는데
서둘러 올라가지 못합니다

저녁 공기는 차갑지 않고
오히려 서늘해서 좋은데
올라가는 길 도중에
도로 정체가 심하겠으니

잠시 휴게소 벤치에 앉아요
외진 휴게소 혼잡하지 않아요

느티나무 새싹

어제와 오늘 보니까
겨우 이틀 동안인데
조금 더웠을 뿐인데

우람한 느티나무에
새싹 잎이 펴지네요

강아지 손바닥처럼
자그마한 잎사귀들이
곳곳에서 펼쳐지네요

이러다가 다음 주에는
부채처럼 퍼져나가서
나무 그늘 이루겠어요

빨리 갈 수도 없고

해지기 전에라도
조금이라도 더 가야 하는데
꼭 그래야 하나요

일단 가야 하지만
서두르지 않기로 해요

가는 길은 하나이기에
내가 더 빠르게 갈 수도 없어요

가는 길이 막히면
남들도 늦추게 되고
나도 늦추어야 하지요

가면서 다시 휴식해야 될 것 같아요
오늘 밤은 늦겠지만
그래도 도착하게 되어요

왕방산 오지재 계곡

돌탑봉 산벚나무
무리 지어 빛나면
하얀 벚꽃 띄우며 흐르고

큰검은골 갈참나무
무성하게 우거지면
그림자 드리우며 흐르고

작은검은골 단풍 잎사귀
화려하게 타오르면
붉게 물들어서 흐르다가

오지재 고개에서
차가운 바람 불어오면
눈에 덮여 소리 없이 흐르네

왕방산 산지기

그곳에 참나무 있어서인지
그곳에 벚나무 있어서인지
그곳에는 맑은 물이 흐르네

그 옆에 복사꽃 피어서인지
그 위에 라일락 피어서인지
그곳에는 하얀 빛이 비추네

나그네들이 지나가서인지
그곳에는 정겨움이 남겨지네

왕방산 산지기 머물러서인지
그곳에는 정겨움이 머물러있네

추운 산속에서

바로 작년 초겨울에 들렀는데
그날 밤은 왜 그리도 추웠는지
다음 날 아침은 그렇게도 추워서
저쪽 먼 산은 말 그대로 설산이었지요

이곳은 추운 산간 지역이니
날이 풀려야 다시 오겠는데요

그러자면 4월은 한참이나 지나고
웬만한 꽃들은 피어나고 나서야
수월하게 돌아볼 수 있다고 하네요

이곳은 아예 봄을 잊고서 지나가는지
그렇지 않고 낮에만 봄이 온다고 합니다

피곤이 가시기를

오늘은 일찍부터 멀리 가야 하는 날인데
이것저것 준비할 것은 별로 없지만
단지 시간만 정확히 맞추어야 하지요

새벽에 일어나서 출발을 기다리다가
출근 시간 교통을 피하여 일찍 나서는데
이미 출근 차량들은 거의 빠져나가서
도로는 한적하여 다행으로 여겨요

김포 터골마을에 먼저 들러서
멀리 강화도까지 돌아오고 나니
햇빛을 받아서 얼굴은 따갑고
피곤에 몰려서 누워있어야 해요

오늘도 이렇게 장거리 운전으로
여러 가지 일을 보아야 하기에
무척이나 몸이 피곤한 날인데요

오늘은 그에게 무척 심각한 날이네요
그에게 심각한 결정이 내려지는 날인데
그에게 어떤 결정이 내려지게 되어도
그는 불안함은 이겨낼 수 있겠는지

오늘은 모두 담담한 하루가 되기를
나의 피곤함은 잠시 누워있으면 되지만
그에게도 불안함이 극복되고 평안하기를

수레울 복사꽃 날리고

지난겨울에 잠시 들러보았는데
이번에 한 번 들르기를 바라면서

수레울 농장에 계시는 처사님은
복숭아 농장 사진을 보내왔어요

냇가를 따라가다가 다리를 건너고
무너져 내린 오른쪽 계곡을 피하고

왼쪽 산봉우리 옆으로 올라가면
접시 모양으로 둘러쳐진 농장인데

이번에 다시 한 번 보게 된다면
가파른 산길을 천천히 올라가서
산 속에 안긴 농장을 보게 되면

수 만 송이 복사꽃이 빛나는데
한낮에 희고 붉게 타오르다가
산들바람에 은은하게 날리겠지요

햇살 뿜어내는 곳으로
산비둘기 날아가는 곳으로
그리고 소나무 아래 계곡으로

수레울 처사님 바라보는 곳으로
수레울 처사님 손을 내젓는 곳으로
수레울 처사님 발길이 이르는 곳으로

수레울 농장 절벽 길

차곡 마을 수레울 복숭아 농장에는
세 갈래 길이 나 있는데

두 개는 농장 관리 위해 만든 길이지만
하나는 산봉우리로 막힌 절벽 길입니다

그 길은 웅덩이 아래 텃밭을 지나서
개들이 파헤쳐 놓은 언덕을 오르는데
막대기로 집고 발을 디디기만 해도
바위 흙은 쉽게 부서져 흘러내립니다

그 길 위에는 칡넝쿨이 뒤엉겨져 있어서
복숭아나무는 자라나지도 못하지만
도라지 더덕 장뇌삼이 있다고 합니다

수레울 농장 처사님이 심어두셨는데
벗들이 오기를 기다린다고 합니다

야위어진 모습

친구의 아버님은 오랜만에 외출하셨어요
겨울 동안 한 번도 뵙지 못했으니
거의 두 계절이나 댁에서만 계셨나 보아요

예상대로 야위어진 모습인데
인자하신 표정은 그대로 입니다

혼자 힘으로 몇 걸음 걷기도 불편하신데
걷는 모습도 그대로입니다

이제 따스한 계절이 되었으니
지난해 모습 그대로 이기를 희망합니다
그때 건강하신 모습이기를 희망합니다

아버님을 정성껏 모시는
친구의 근심도 가셔지기를 희망합니다

잔디 마른 묘소
-의성 고모님 댁 묘소

아무래도 이곳 묘소들은
늦봄부터 나무 잎사귀들 퍼지면
점점 그늘에 가려지겠어요

한여름에는 남쪽에서 서쪽까지
우람한 참나무 그늘에 가려지고
잔디도 잡풀도 자라기 어렵겠어요

더구나 위쪽 산책길 따라서
깊게 파 놓은 배수로에 막혀서
흐르는 수분 유입도 어렵고요

한 분의 묘소 앞을 보니까
무너져 내려앉은 부분이 있더군요

잡초도 물기도 없는 연한 흙은
삽질하여 다듬기는 수월하기에
조금 파내어서 올리고 다져놓고서
여름에 지나는 길에 들러야겠지요

촉촉한 희망
-의성 고모님 댁 묘소

내일쯤 그곳에 비 내린다고 합니다
오랜만이니 흠뻑 쏟아지기를 바라지만
촉촉이 적셔지기만 해도 다행입니다

아니 최소한 며칠 동안이라도
먼지라도 일어나지 않기를 바랍니다

그러면 지난달 그곳 묘소에 들러서
봉분과 둘레에 씨앗을 뿌려두었는데

이제 돋아나오는 실 같은 잔디가
뿌리 내리고 말라 죽지 않을 테니까요

거의 한 달이나 이슬만 마시며 견뎠으니
며칠 안에 빗물에 푹 젖어야 합니다

그대가 의지하는 분에게 기도해 보세요
그곳 잔디는 촉촉한 희망을 바라고 있어요

의성 시장은 장날이고

좁은 길이 혼잡하다 했는데
의성 시장에는 장날입니다

문 닫은 양쪽 상가 앞에는
이쪽 골목에서 저쪽 구석까지

할머니 아주머니들이 자리 잡고서
바구니 소쿠리를 펼치셨어요
텃밭에서 다듬은 채소
동산에서 뜯어낸 산나물을
한 무더기씩 담아서 늘어놓았어요

점심시간이 훨씬 지나서
이제 몇 시간 지나면 파장할 텐데

소쿠리 바구니마다
팔리지 않은 채소와 산나물이
아직 수북하게 쌓여있어요

모여들었던 구경꾼들은
큰 길로 빠져나가고 있는데
사고파는 흥정 소리 점점 조용해지면

팔리지 않은 채소와 산나물을
다시 담아 가지고 돌아가야 하지요

봄날 장터에 나온 걸음이 무거웠는데
다시 돌아가는 걸음도 무거워지겠어요

창문을 열어두고

아침에 봄비 내리는데
창문을 조금 열어두어요

봄비 소리는 들리지 않아도
창문을 조금 열어두어요

가만히 기다리면
봄비 내리는 소리가
바람과 함께 들어와요

봄비 소리를 들으며
봄소식을 들어보아요

봄바람 냄새를 맡으며
봄소식을 알 수 있어요

봄비와 바람을 맞으려고
창문을 살짝 열어두어요